SV

An der Schwelle zum Schlaf, unterwegs durch die Großstadt, begegnen wir Nikolai Gogol und Marianne Faithfull, Sockendandys und Partymädchen, Versehrten und Abgehängten, »mit dem gesicht nach unten«, »am broadway an der haltestelle«, »für zehn, fünfzehn minuten wirklich«. Sie sind »der spiele so müde, selbst die messer haben das stechen satt«. Denn was ist das Herz anderes als ein »muskulöses hohlorgan« – Kraken haben drei davon, wir Menschen: »eine plötzliche angst vor zügen«.
Mit untrüglichem Rhythmusgefühl und einem Ohr auf der Tanzfläche horcht Juliane Liebert in ihren flirrenden Gedichten auf »die einsamen, die lauten, die leichten dinge« und schreibt Verse von solcher Zartheit, dass sogar die Battlerapper getröstet werden. Denn selbst wenn die Erde »immer langsamer rotiert« und die Niagarafälle »abends abgestellt« werden – »morgens stellt man sie wieder an«.

Juliane Liebert, geboren 1989 in Halle an der Saale, hat an der Universität der Künste Berlin studiert und arbeitet als freie Autorin und Journalistin, u.a. für die *Süddeutsche Zeitung*, *Die Zeit* und den *Spiegel*. Sie schreibt Prosa und Lyrik. Zuletzt erschien von ihr *Hurensöhne! Über die Schönheit und Notwendigkeit des Schimpfens* (starfruit publications, 2020). Juliane Liebert lebt in Berlin.

juliane liebert

lieder an das große nichts

gedichte

suhrkamp

Erste Auflage 2021

Umschlaggestaltung: Erman Aksoy, Berlin
Druck: Pustet, Regensburg
Printed in Germany
ISBN 978-3-518-42982-2

lieder an das große nichts

wir brauchen strohfeuer, leuchtbotschaften, die einsamen,
die lauten, die leichten dinge:
herzrasen, wasserstoffbomben, popcorn

dies ist kein zirkus, dies ist eine globenfabrik

gogol

nikolai mein partymädchen
es waren diese sätze, sie haben dich
lebendig begraben tot
gruben sie dich wieder aus
den kopf ganz verdreht von
deinem sargstakkato deinem letzten step
du hattest visionen wir haben verstanden
wir rasen gerädert in kunststoffkisten
die klappernden scheiben verspiegelt
dass keiner uns sieht dass wir
alleine und wehrlos, konserven
sind wie du, doch du besitzt
tiefe, das gefühl für die bretter
die die welt bedeuten, wir sind
schon weiter: wir reden blech
ach nikolai, mein bodenschatz

(Der russische Schriftsteller Nikolai Gogol starb an den Folgen strengen religiösen Fastens im Alter von 42 Jahren. Viele Jahre nach seinem Tod wurde sein Grab zwecks einer Umbettung geöffnet, und man fand das Skelett des Dichters völlig verdreht im Sarg liegend vor. Eine naheliegende Erklärung dafür ist, dass Gogol lebendig begraben wurde.)

tannhäuser gate

gestern fanden wir einen der
lag mit dem gesicht nach unten
auf der straße machten ihn wach
lehnten ihn an die wand und seine augen
rollten nach hinten in den schädel die 112
sagte sie sei die feuerwehr: er brannte
nicht wir ließen ihn liegen
es war kalt in letzter zeit
wirken die medikamente nicht mehr
es geht uns besser

wir stolzen die straßen auf und ab als hätten wirs gepackt
im sommer schliefen wir
auf den dächern sahen dinge
die ihr menschen niemals glauben würdet
blieben im dunkeln kletterten
nur zum wachen runter
in die wohnungen
die wir erfanden

der schnitt (von harten und weichen maschinen)

ich habe lange bei den monden gelebt
die manchmal weiß warn manchmal dunkel
und mich gefragt, und mich gefragt
warum sie nie fallen wenn ich rufe
die drecksgesteine, untreuen köter, jetzt
hab ich ihre leinen abgeschnitten

und grabe, statt dem himmel zuzuunken
mich in die erde. der rücken schmerzt
es ist so still
im haus dass ich
die gabeln der nachbarn auf
den tellern höre

lebendig begraben tot

mein bruder

mein bruder sagte, er wolle auf reisen gehen
packte 30 kilo steine in den rucksack
und stieg in einen fluss bei wien
wir wissen nicht, ob im juni oder juli
die bullen sagen: am 8. haben sie einen rausgefischt
der so groß und so schwer ist wie mein bruder
der die gleichen narben hat wie mein bruder
der uns gesagt hat: er wolle auf reisen gehen
ein paar jahre, wir sagten: aber schulden hatte der
mein bruder, und der mann im fluss hat keine
papiere, aber das tattoo stimmt, sagen Sie:
größe, gewicht, zähne und narben dieselben?

wer für den strick geboren ist, kann im wasser nicht umkommen

mankovich sagte er habe empfunden
dass die welt voll großer und kleiner
dinge sei und dass gott
schweigt, mankovich sagte
es gebe nichts helles
und nichts dunkles in der welt und die liebe sei
kein gefühl, mankovich
saß im wintermantel im bett
er sei eigentlich gerade
im begriff zu gehen gewesen sagte er werde fortan
immer eine sonnenbrille tragen nur damit irgendwer
ihn frage
warum
fragte ich wenn keiner es tut
wird es dich dann nicht
noch trauriger machen
schon sagte mankovich
aber dann
sieht es keiner mehr

du bist mir verloren gegangen

du bist mir verloren gegangen
an die metaphysik an die zeit
und ihre berechenbaren götter
an die tauben, die taxifahrer
sie sind überall

ich sehe dich ständig du bist in
atlantis am broadway an der haltestelle
wenn der bus hält schon weg du hast
mir die zunge gebrochen es ist

ein gerücht du bist nicht gestorben
als ich den friedhof betrat warst du
gar nicht da wer redet von krebs
du bist schütze du spielst mit freunden
fußball in denver du liegst in

der sonne deine lunge löchrig noch warm
eine faustvoll zerpresstes vogeljunges
du bist überall jetzt wo du nirgends bist
sind deine sohlen gestirnt deine seele
ein vakuum nur die erde über dir

ist flach & rotiert immer langsamer
und die djs die kellnerinnen
die götter der physik und die zeit und
ihre bediensteten, sie sind mir

verloren gegangen mit deinem gesicht
sie haben keine augen sie haben
keine ohren sie haben keine
worte mehr

das große nichts

kalte nudeln, anderthalb kilo pralinen, billiger riesling, und ich
hätte lieber kippen, ich hätte lieber kippen
als alles andere auf der welt. doch die nacht
ist noch lang und der morgen fern

das große nichts ist hier und bruder stalin ein lügner
was weiß ich, woran man noch glauben kann?
die große verzweiflung hat mich, und ich hätte lieber kippen
ich hätte lieber kippen als alles andere auf der welt

eure liebe ist wertlos, ihr baut sie auf knochen
was ist diese liebe wert, die heute ist und morgen nicht?
es gab diese chance, ihr habt sie vertan
ich habe sie lächeln sehen, woran soll ich noch glauben?

eure liebe ist wertlos, ihr baut sie auf knochen
und die nacht ist noch lang, und ich hätte lieber kippen
ich hätte lieber kippen als alles andere auf der welt

800 im monat

800 im monat ohne getränke und der duft
von einem der schwankend an der kreuzung steht,
   um neun am morgen
wenn man tennis spielen gehen will, wenn man
getränke in den keller trägt, wenn man

visitenkarten bestellt die man mit beiden händen
sich vor fremden verneigend weitergibt, sie liest
und versteckt vor einem
strengen chef der schwankend an der kreuzung steht,
   um neun am morgen

die niagarafälle werden abends abgestellt sagt er
und morgens stellt man sie wieder an

das chemische brennen wenn der staub pfeift

remember mendel's laws

das chemische brennen wenn der staub pfeift
bist du für zehn, fünfzehn minuten wirklich, eine plötzliche
angst vor zügen, feedback und blaues licht, darin
finger arme geschlechter im rücklauf
was sich millionenfach
erstmals ereignet:
selbst wenn
dies mein käfig ist, ich will nicht
dass irgendjemand glaubt
hier lebt ein tier, eine plötzliche
anhäufung von nerven, eine dame
weder schwarz noch weiß
geht schweigend vorbei summt:
i want nobody's eyes

auf ihrem bett in paris marianne

für marianne faithfull

auf ihrem bett in paris marianne
mit gebrochener hand: zwei ringe
am finger der langsam blau wird, schwarz
der arzt sagt es eilt, sie ist unwirsch

in ihrem doppelbett, in ihrer betthälfte, auf dem rücken
in der anderen schlafen seit jahren
zwei reihen bücher, draußen warten welche
um sie ins krankenhaus zu bringen
sie aber will sprechen, sie bittet darum
das nikotinpflaster auf ihrem arm abzumachen
»unter der bluse darling«
damit sie eine rauchen kann

eine halbe
in der gebrochenen hand
ein brief ihres vaters gerahmt
ein ölportrait zeitungsausschnitte
die pelzteppichmuse der rolling stones

das gesicht immer noch glatt

die schatten grell

die langeweile der strände an einem tag, an dem die stadt tot ist, die schatten grell, die ventilatoren schnarren: mach dir keine hoffnung, es gibt kein entkommen. die busse fahren nicht bis zum abend, in deinem bett schlafen wanzen, wie träge giganten lauern die hotels an der küste, dass einer ertrinkt.

das meer

das meer das hundsäugige das kalkfüßige meer
tausend fingerzeige weit und ungezählte
brusttiefen schwer, wo es heller ist
als irgendwo weil das licht vom wasser
gebrochen auf dich zurückgeworfen wird
wo dir deine blicke versalzen ins gesicht schlagen
wo du für einen hühnergott zwei gläser wodka
eine nacht im tang dein leben ruinieren würdest
für einen einzigen moment: die weite
wie du sie siehst im spiegelbild
des spiegelbildes eines fremden
im zugfenster, neben dir, draußen

»und hoffen lernte ich tief im wald«

die bäume standen wie frisch versammelt (oder als stünden sie an:
für ein brot) der himmel verdaute die flugzeuge
die ziegelwerke verdingten sich dort: als lesestube, als hüpfplatz,
als rasen
an jeder brombeerhecke ne selbstschutzanlage

nur wir schliefen friedlich. die lieder logen
im radio, und lügen im gras
nicht nur wir beide, freunde geworden

sondern auch heimattreue igel und fliegen
manchmal ein reh. ein trampolin
an einem gedeckten tisch in einem apfelgarten

»ich habe eine mama auf kornblumentapeten«

dies ist das bett

dies ist das bett in dem wir lachen, dies
ist das bett in dem wir streiten (dasselbe bett)
da ich nicht streiten kann muss ich sterben:
verbrennt die sanften!, wenn ich mich in den schlaf greine
erhängt die guten!: als ich 14 war
nannte ich meine mutter eine schlampe, sie nahm
ein paar schuhe und schlug sie mir auf den kopf (die schlampe)
schlug sie mir auf den kopf (die schlampe)
schlug sie mir auf den kopf

in diesem jahr begannen unsere eltern zu sterben. als ob sie sich verabredet hätten, legten sie ihre arztkittel, tastaturen und lenkräder nieder und strömten in die krankenhäuser. wir waren selbst noch weit davon entfernt, erwachsen zu sein. meine mutter war die erste. wir brachten sie direkt von der arbeit ins krankenhaus. sie war strohgelb und erklärte das ganze zu einer routineuntersuchung, wünschte sich tageszeitungen und schokolade und lakritzkatzen ans bett. die nächsten zwei wochen konnte ich beobachten, wie sie aufquoll. sie liebte mich umso mehr, je mehr ihr verstand nachließ. ich saß an ihrem bett und sah zu, wie sie einging. die ärzte verlangten unterschriften von mir für die prozeduren, die sie zur aufrechterhaltung des komplizierten systems benötigten, das ihr körper war. unterschriften für infusionen und darmspiegelungen und punktionen. ich ging zu ärzten, betreuern und wieder anderen ärzten, ich sterilisierte mir die hände, bevor und nachdem ich ihr zimmer verließ. ich betete, obwohl ich eigentlich nicht betete. sie schwoll weiter an, ihre gefäße konnten das wasser nicht halten, ihre arme und beine wurden dicker und dicker, ihre haut rieb sich wund. ich kaufte ihr waschzeug, einen roten lippenstift, damit sie sich schön machen könnte, sobald es ihr wieder besser ginge. sie starb für 23 minuten, wurde wiederbelebt, lag da in einem bett aus warmer luft, ihr herz schlug, badamm badamm, die ärzte wollten unterschriften, badamm, ich streichelte ihr haar, ich musste atemmasken tragen, wenn ich bei ihr war. am ostersonntag morgens riefen sie mich, sie sei klinisch tot, sie hätten ihren körper am leben erhalten, damit ich mich verabschieden konnte. ich ging den flur entlang, meine kleine oma an der hand. sie lag inmitten all dieser maschinen wie eine königin, 300 kubikmeter maschine für ein bett, in dem niemand mehr war. ihr herz schlug noch immer, aber ihre inneren organe hatten sich zersetzt, oder so sagte man mir. wir gingen, sie ging. ich blieb allein mit ihrer vollen wohnung und ihrem halbvollen kühlschrank, während draußen der frühling begann.

grob gefasst

grob gefasst ist
das menschliche herz
ein kegelförmiges, muskulöses
hohlorgan
in etwa so groß wie die faust
des betreffenden

etwas das es versteht zu verhindern zur ruhe zu kommen

für mark hornbogen

stawrogin: »*... in der apokalypse verkündet der engel, dass es keine zeit mehr geben werde.*«
kirillow: »*ich weiß. das steht dort sehr nachdrücklich, unmissverständlich und klar. wenn jeder mensch glücklich ist, dann wird es auch keine zeit mehr geben, weil sie dann gar nicht mehr gebraucht werden wird. ein sehr richtiger gedanke.*«
stawrogin: »*aber wo wird man sie dann verstecken?*«
kirillow: »*man wird sie nirgends verstecken. die zeit ist schließlich kein ding, sondern eine idee. sie wird im verstand verlöschen.*«
— *fjodor dostojewskij*

es soll ja theorien geben dass das universum
bis zu einem gewissen punkt expandiert nur um dann völlig
unvermittelt einzurasten
molekularen stillstand zu erreichen
und sich nach einer weile selbst zu verspeisen:
es wird zeit.

liebevolle liebesgedichte

hagen

für felix nicklas

»hagen? der hat sich von lotta getrennt. er hat sich getrennt, aber sie ist ausgezogen. nach 13 jahren. dann hat er sich einen milzriss zugezogen. andere leute sterben an gebrochenem herzen oder einer leberzirrhose, nein, die milz. für einen typ wie hagen, der absoluter hypochonder ist, ist das ein traum: eine woche auf der intensivstation. er hat mir immer nur fotos geschickt, *schau, wie viele schläuche in meinem arm sind!*, ich habe mir wahnsinnige sorgen gemacht. wahnsinnige. von ihm kam nur ab und zu eine nachricht: *geht mir noch schlechter.* und dann haben ihm seine eltern zum geburtstag eine reise geschenkt, genau genommen ihm und lotta, nach prag. in ein romantikhotel. also saß hagen an seinem geburtstag allein in einem romantikhotel in prag und schrieb mir, was ich längst wusste, dass die tschechische regierung an freitagen den verkauf von hartem alkohol verboten hat, weil es da 20 tote gab. hagen saß also an seinem geburtstag in einem romantikhotel in prag und schrieb: *scheiße, alter, die wollen mir keinen schnaps verkaufen! jetzt sitz ich hier und trinke baileys!*

was, wieso ich nicht mit bin? nein, ich war gerade erst aus budapest zurück, und das geht doch nicht, ich bin sein bester freund, und dann sitzt man mit seinem besten freund in nem romantikhotel, nee, nachher ist da dann ne erdbeere in der bowle …

krass, du hast echt noch nie star wars gesehen? moment moment, bei welchem teil bist du? dem zweiten? okay, ruf mich an, wenn du den dritten gesehen hast. nein, keine minute eher. vorher red ich nicht mit dir. ja, bis dann.«

künftige antwort auf jegliche fragen nach meinem befinden, egal wann und egal zu welchem anlass: »noch schlechter.«

na einer muss ja auch die battlerapper trösten

komm lass mich meinen kopf in deinen legen
ich bin der spiele so müde, selbst die messer
haben das stechen satt und das schneiden
und das steak will wachsen zum tier

und einer muss doch auch die battlerapper trösten
wenn sie in tränen aufgelöst in ihren jaguaren
kauern, und einer muss doch die berge glätten
bis sie flach sind wie hotelbetten gegen drei am nachmittag

portrait

er nannte sie das letzte einhorn
sie war in wirklichkeit ein pferd
sie wollte nicht bezaubert
sie wollte geritten werden, sie war gerne bei
lieber unter ihm, sie war durchaus
aussagekräftig, ein schön geschwungenes
fragezeichen, eine verlegene stille
sie wollte sich fortpflanzen
aber nicht hier in der provinz
lieber in havanna der schweiz oder
im irak besser nicht sie war
eher der empathische typ
sie war empfindsam, eine nixe
zum einschlafen zählte sie schafe
mit schwimmreifen, fing sie eines,
ertrank es, es tat ihr
alles leid was lebte sie liebte
doch menschen wie tiere sie fand
sogar das mit der selbstliebe
gut aber die schlampe wollte
ihre gefühle partout
nicht erwidern

ode an deine superweichen schamhaare

für

oh manchmal sind sie da und manchmal sind sie weg

friede den irren

der letzte tribut

das ist der letzte tribut den ich zahle bevor
sie die menschenopfer einstellen, schlachte ich
dich und esse deine augen, eins roh und eins
mit honig und salz

komm jetzt nicht näher ich friere

komm jetzt nicht näher ich friere
als wenn ich tausend körper hätte einen
pro umdrehung einen pro pulsschlag einen
jungen einen alten einen in einer tankstelle
in lappland einen mit einem pony der mir
nicht steht und den meiner mutter die noch weint
während ich schon zwiebeln esse und durch
all die häute dich spüre: deine finger
brennende tiere emporkömmlinge
wanderndes volk

wir werden reich sein im schutz
unserer rippbögen einen zirkus gründen
wir werden die dame ohne unterleib
der clown mit den eisenlungen wir werden
das hochseil sein die bengalischen tiger die zwerge
mit den keramikfüßen gefäße ohne form
halt jetzt nicht still ich will uns
zwei kinder machen eines aus holz
eines aus luft ein hartes und
ein weiches und dich
an ihrer stelle säugen

sockendandy, das feld lebt und auf deiner mütze steht TOD

es heißt:
der sockendandy sucht die wahre liebe
der sockendandy kann weiß und rot nicht unterscheiden

der sockendandy hasst die bequemlichkeit die er sucht
was ihm heilig ist zündet er an
und all seine schals und decken können ihn nicht warm halten
   selbst wenn er
mitten im feuer steht
er baut sich alle paar wochen einen neuen käfig
und sobald er fertig ist springt er raus und ruft: erwischt!

er sagt:
im zeitalter der weltraumfahrt brauchen
rapunzeln keine langen locken mehr, sie werden
von den astronaut*innen an ihren affenschaukeln
aus den türmen gehoben und steigen in den
großen wagen auf

herbstgedicht für julia

julias sonne ist blau
julias herz ist grün
julias augen sind pflaumenfarben
julias träume sind schön
wenn julia in die uni fährt
da singen die bäume am weg
und färben sich auberginenfarben
weil julia sie so sehr bewegt
nur eine frage, die fragt man sich doch
denn – julias sonne ist blau

wie findet man sie dann im himmel? wenn der ganz unverdraut
ja auch noch blau ist! keine wolke!
an diesem oktobertag
es ist halt eine geheime sonne
die julia so mag
(ende gedicht.)

auf los

30

ich habe keinen vater
ich habe keine mutter
ich wurde mit 30 geboren
aus einer top ramen dose
und einem traum

april, ende

nun ist schon seit zwei monaten sommer
eine andere seuche: der himmel
unbeeindruckt wahllos blau
tag für tag

(ist dir aufgefallen
dass man keine flugzeuge hört keine
kondensstreifen sieht)

auch die bäume tun ihr tagwerk
du gönnst jedem sein langes leben, sagst du

aber du interessierst dich nur für jene
die aus der unzulänglichkeit geboren worden: die leichtigkeit
hat immer den schmerz im gepäck

eine leise windmaschine
ein quantum vorsicht

der laut ist zu verstehen als erschütterte luft

seine hände sind die letzten

seine hände sind die letzten
exemplare einer aussterbenden vogelart
sind luftträger, windbeladen, unstet ihr flug
wie ihre artgenossen selig
unter mantelärmeln in woll-
in seidensärgen schaukeln können
sie nicht fassen

du schönes ding du unnützes ding

phantomzeichnungen zur lösung der welträtsel

wer gab der sonne ihren namen tod
wer nannte dich so

wer nannte das nützliche nützlich, das salzige
salzig

die fetten verhungern nicht langsamer

sie schwimmen
in der dunklen warmen luft: der große wagen
über der fein gebogenen rutsche
kaum sichtbar in die nacht gekratzt: die sterne
und das unberührte wasser

und wenn!

und wenn! wir für mücken so etwas sind
wie gewaltige, wandelnde, prall gefüllte
fast immer ärgerliche kuchen, wer sollte

es uns verübeln

ein streitgespräch über das wahre wesen des mondes, genauer: ein streitgespräch darüber, ob der mond hängt oder nicht

I

a: er hängt auf jeden fall nicht, woran sollte er denn hängen?

b: *an gottes superweichen schamhaaren?*

a: aber die sind doch nicht lang genug.

(und die wolken rasen über den mond, stehen dann still, als sei
er ausgelaufen.)

b: *vielleicht sind gottes schamhaare die locken des himmels.*

a: und die locken des himmels sind die wolken.

b: *vielleicht wurde der mond aber auch an den himmel geklebt.*
mit einem pflaster. und der himmel ist ein überraschungsei.
nur eben innen blau statt weiß. oder der mond
ist eine designerlampe und, wenn vom erdschatten verfinstert,
rot wie eine treulose tomate.

a: manchmal sieht er aber aus, als sei er gestempelt.

b: *wer stempelt einen mond? die romantikbehörde? wenn er*
ausläuft, womit ist er gefüllt? zitronencreme? oder zaubertinte?

a: wenn, dann zaubertinte. der mond ist definitiv nicht klebrig.

b: *nicht wie gottes spermafäden?*

a: pfui.

b: *an denen er auch hängen könnte.*

a: dann würde der mond doch fallen, wenn sie trocknen.

b: *kann doch sein! die brauchen eben länger zum trocknen. und dann beginnt die apokalypse.*

II

a: die apokalypse?

b: *weil der mond nämlich auf wuppertal fällt.*

a: vielleicht ist er auch nur eine kanonenkugel, die im theaterhimmel steckt. und ihr eigenes spotlight hat.

a: warum gerade wuppertal?

b: *woher soll ich das wissen? die haben eine schwebebahn. das ist doch schon sehr verdächtig.*

a: die apokalypse kann nicht in wuppertal beginnen.

b: *wir sollten den mond selbst fragen. der muss es ja wissen. hey mond! hängst du? schwebst du? bist du ein zitronenachtel?*

a: der mond kann nicht sprechen.

b: *aber gott wichsen?*

a: ja! der mond erhabt halt so vor sich hin.

b: *ruhe jetzt!*

III

der mond:

(aber der mond sagt nichts. der mond ist nicht einmal eine person.)

IV

a: eines ist jedenfalls klar:
dass die welt, vom mond aus gesehen,
nicht untergeht.

b: *schließlich schaut er sie immer mit der gleichen seite an.*
die auch sein arsch sein könnte.

a: wer weiß das schon.

rotkäppchen

rotkäppchen ging auf geradem weg durch den finsteren wald. sie ignorierte die blumen und den wolf, gelangte zum haus der großmutter und aß dort in ruhe kuchen.

der tag ist sanft und der krieg so sanft dass man dran
sterben möchte

das senfei

das senfei ist kein ganz rundes ding, berlin

das ist die stadt in der sean bonney aus dem fenster sprang
    zwei wochen
bevor fin sul sich ertränkte, mit dem räumungsbefehl an der tür

die waren keine pflanzen für lichtlose orte zwei wochen
mit dem räumungsbefehl an der tür

und als wir uns später trafen: zu viert, um ihre tode zu
    besprechen;
zu besprechen wer die körper wohin überführte
ob man ihre musik retten könne ihre schriften

aßen wir datteln und tranken kalten tee
feilten uns die nägel, die vom munde abgesparten minuten
rund

suite für einen tänzer mit einem gebrochenen bein

ich hätts gern in die dunkelheit gesprochen:
mit vollem munde frisst man nicht
es friert, doch wirds nie dunkel, morgens nicht
jetzt weinst du: morgen lacht es dich

und als wir heulten, hätten wir geahnt
wie wir die würdelosen alten hütten
mit glanz erfüllen würden, revolutioniere!
sagst du, ich sage dir: ich will nur sein

es schreibt mich rückwärts jener tanz
den ich dir schreibe in die welt hinein:

jetzt bin ich da. nur du noch nicht.

und trost, was heißt das, andre werden kommen
die wege schmücken und die schuhe blank
mir reiben reiben reiben meine knochen
ans fleisch, das dünn wird, dümmlich fast

grinst einer, wirft den schlag aus seinem takt
greift mir ins haar. und ich bin müde

nur unsere knie berührn sich. einmal kurz. dann nacht
und nacht, das ist mein liebstes wort, kein flüstern
ein festgebrüll. mit weichem gaumen. lippen. küssen. drillen.
und taggespenster, könnte ich euch fassen.

die angst, sie ist ein ungeheures tier
das jahrelang im eisfach hing und tobte
das lebenslang die menschen aller art
wie zecken in ihr glück und unglück jagte

doch jetzt nicht mehr. jetzt schläft sie. terror, kitsch und not
sind müde, müde ist der tag

wenn dein haus brennt

wenn dein haus brennt, was tust du
holst du wasser, sand
schließt du den brennenden raum ab
rettest du die kinder, den hund
rufst du hilfe, warnst du die nachbarn

bläst du öl
ins feuer auf dass es endlich abfackelt
und du es los bist
dieses verdammte haus

für unica z (für hertha k für beatrix h für sylvia für anne)

christa p.

ich habe neun geliebte
eine schläft in der gartenerde
eine tanzt im dachboden, ein seil um ihren hals
eine krallt ihre blauen finger um meine
eine hat einen löffel im herzen, eine eine gabel
eine lügt. eine träumt. eine spielt die ganze zeit
und über eine spreche ich nie
sie ist mir die liebste

ich lege sie nachts schlafen, neun kleine weiche maschinen
eine neben der anderen
eine mit den füßen nach oben, eine nach unten, nach oben,
  nach unten
und ihr atem spricht zu mir, während ich ihnen beim schlafen
  zusehe
ich nenne sie nie beim namen. ich hab sie vergessen
anders die letzte. sie kennt alle namen

wenn ich müde werde, bringt sie mich in mein zimmer
sie faltet mich zusammen wie ein taschentuch
sie berührt mich wie ein vogel
sie ordnet meine haare. sie zahlt mich aus
in medaillen und glasperlen, sie füttert mich

montags bekomme ich pflaumenkuchen
dienstags bekomme ich rindfleisch, und mittwochs, mittwochs,
  glaube ich
geht sie zum markt

wie kann die luft so schwer sein an einem tag an dem der himmel so blau ist

wie kann die luft so schwer sein an einem tag an dem der
  himmel so blau ist
hab ich die mondlöscher gefragt, die mondlöscher
sitzen im kadewe und prahlen:

dies ist kein uhrwerk, dies ist ein glasknochenorchester
es musizieren schöne nackte ängste

wie kann mir der sinn so schwer sein an einem tag an dem der
  himmel so blau ist
hab ich die mondlöscher gefragt, die mondlöscher
sitzen im kadewe und prahlen:

dies ist kein zirkus, dies ist eine globenfabrik
man muss sie nicht anstoßen, sie windet sich selbst

wie kann mir die stimme so schwer sein an einem tag an dem der
  himmel so blau ist
hab ich die mondlöscher gefragt, die mondlöscher
sitzen im kadewe und prahlen

catherine-isabelle dupont

»sie war großartig, als sie gesteinigt wurde,
trug sie ein hellblaues négligé im kontrast zu den goldgelben steinen.« — jane birkin

sie fand jane birkin dumm
ihr vater gab ihr jedes jahr zu weihnachten
einen umschlag mit der einladung
einen tag mit ihm zu verbringen: nur einen
sie fuhren mit dem motorrad in den wald
er hatte 2000 euro in ein-cent-münzen in den taschen doch
die bundesbank wollte nicht wechseln
wo dann, sagte er, wenn nicht hier

kommen Sie morgen wieder, sagten sie
als jemand anderes

kommen Sie morgen wieder
mit löchern in den taschen

kommen Sie wieder
als ein gebildeter mann

der laut ist zu verstehen als erschütterte luft

friede den irren

friede den irren, friede den politikern den popstars
friede den dichtern den gefühlsmenschen den maden
im mantel der sensation

(das wirkliche meer war flüchtig
ein tourist ohne sonnenbrille ein stalker
lag jahrelang wach)

ich sang: friede den wanzen friede den schwachen friede
den ungläubigen taumelnden friede den panzern den
 warmen brüdern und schwestern friede

(das wirkliche meer war schlohweiß und reichte
mir bis zu den knien »arme zu greifen,
beine zu gehen, kein schmerz
kein gedanke«)

belgrad, nis

ich wollte ein buch schreiben in dem
alle kapitel mit dem gleichen satz beginnen, ehe
jedes mal etwas anderes passiert

der erste satz:

ich sitze zwischen einem roten und einem gelben koffer
im nirgendwo nis auf einem flughafen, der so groß ist
wie ein mittlerer parkplatz. lidija ist bei mir. sie streitet
mit dem busfahrer in einer sprache, die ich nicht verstehe;
   ihre wohnung ist im neunten stock

oder: ich sage mir jetzt selbst die dinge
die ich gerne hören würde
bist du müde? hast du lange gewartet? lidija ist bei mir
sie sagt: man muss immer die badezimmertür schließen
sonst läuft das glück durch das klo ab, oder:

lidijas gesicht ist herzförmig morgens auf dem kissen
ein lindenblatt mit wimpern
wir bleiben liegen und halten uns; ihr kopf ist nur ein
   haufen dichten weichen schwarzen haars
ohne schädel darin

trink mohn und träume

ach sag hausen die sternhuren noch unterm dachstuhl
speien ruß in seinen schlafwein wenns dämmert
dieser unbestimmt vermeidliche lichtgeschmack
wenns dämmert jault er: klatschmohn ja klatschmohn
würd ich ihm wünschen beizeiten

kraken

kraken
haben drei herzen
neun hirne wir: leichtere vergnügen

Inhalt

dies ist kein zirkus, dies ist eine globenfabrik 11

gogol 13
tannhäuser gate 14
der schnitt (von harten und weichen maschinen) 15

lebendig begraben tot 17

mein bruder 19
wer für den strick geboren ist, kann im wasser nicht umkommen 20
du bist mir verloren gegangen 21
das große nichts 22
800 im monat 23

das chemische brennen wenn der staub pfeift 25

remember mendel's laws 27
auf ihrem bett in paris marianne 28
die schatten grell 29
das meer 30
»und hoffen lernte ich tief im wald« 31

»ich habe eine mama auf kornblumentapeten« 33

dies ist das bett 35
badamm badamm 36
grob gefasst 38
etwas das es versteht zu verhindern zur ruhe zu kommen 39

liebevolle liebesgedichte 41

hagen 43
na einer muss ja auch die battlerapper trösten 44
portrait 45
ode an deine superweichen schamhaare 46

friede den irren 47

der letzte tribut 49
komm jetzt nicht näher ich friere 50
sockendandy, das feld lebt und auf deiner mütze steht TOD 51
herbstgedicht für julia 52

auf los 53

30 55
april, ende 56
seine hände sind die letzten 57

du schönes ding du unnützes ding 59

phantomzeichnungen zur lösung der welträtsel 61
und wenn! 62
ein streitgespräch über das wahre wesen des mondes, genauer: ein streitgespräch darüber, ob der mond hängt oder nicht 63
rotkäppchen 66

der tag ist sanft und der krieg so sanft dass man dran sterben möchte 67

das senfei 69
suite für einen tänzer mit einem gebrochenen bein 70
wenn dein haus brennt 71

für unica z (für hertha k für beatrix h für sylvia für anne) 73

christa p. 75
wie kann die luft so schwer sein an einem tag an dem der himmel so blau ist 76
catherine-isabelle dupont 77

der laut ist zu verstehen als erschütterte luft 79

friede den irren 81
belgrad, nis 82
trink mohn und träume 83
kraken 84